Contes et nouvelles en vers

FichesdeLecture.com

Contes et nouvelles en vers (Fiche de lecture)

I. INTRODUCTION

De 1691 à 1697, Charles Perrault publie plusieurs textes, contes et nouvelles, dans une revue (le *Mercure Galant*) puis en volumes – notamment en 1697, avec un recueil intitulé *Histoires ou Contes du temps passé avec des moralités*. Les récits composant son œuvre sont extrêmement connus aujourd'hui ; eux-mêmes sont inspirés d'histoires plus anciennes, que Charles Perrault a remanié à sa façon, et avec brio.

II. RÉSUMÉ DE L'ŒUVRE

La Marquise de Salusses ou la Patience de Grisélidis

L'histoire est inspirée de l'écrivain Boccace, puisque Grisélidis fait référence à Griselda du *Décameron*. Perrault nous narre l'histoire d'un Prince qui tombe amoureux d'une bergère et qui finit par l'épouser. Toutefois, malgré son amour profond pour la jeune femme, il est tenté de la mettre à l'épreuve afin de tester sa patience et son amour envers lui. La bergère se révèle digne de sa confiance, après bien des efforts. Elle devient alors un modèle féminin de vertu chrétienne et de piété. Tout peut rentrer dans l'ordre. Le lecteur contemporain peut cependant avoir une vision plus choquante de cette histoire, dans la mesure où elle se base sur une inégalité conjugale prononcée.

Les souhaits ridicules (1693)

Jupiter rend visite à un bûcheron, Blaise, qui déplore sa triste existence et se dit prêt à y mettre fin. Il lui propose donc de faire trois vœux. Le bûcheron rentre donc chez lui pour demander conseil à son épouse. Celle-ci, avide de richesses, le pousse à s'accorder une nuit de réflexion. Malheureusement, durant ce temps de décision, l'homme commet l'erreur de demander du boudin, dont il a envie. Son premier vœu est exaucé. Sa femme est furieuse, et Blaise souhaite que le boudin vienne lui pendre au bout du nez. Or une fois de plus, son souhait est exaucé. Le dernier voeu est alors utilisé pour que sa femme retrouve son apparence physique initiale.

La Barbe bleue

Un vieux roturier fait peur à toutes les femmes, car il a connu plusieurs mariages qui se sont mal terminés, et parce qu'il porte une barbe bleue... un jour, il demande la main d'une des filles de sa voisine. Seule la cadette accepte de l'épouser. Une fois marié, Barbe bleue doit quitter son domicile quelque temps, et il confie donc à sa femme un trousseau de clés ouvrant toutes les portes de la demeure. Mais elle ne doit sous aucun prétexte pénétrer dans un petit cabinet. La curiosité l'emporte, et elle y découvre les cadavres des épouses précédentes de Barbe bleue. La clé lui échappe des mains d'horreur et de choc, et est tachée de sang. Malgré tous les efforts de la jeune femme, rien n'y fait : le sang ne part pas. Son époux revient plus tôt que prévu et, furieux de découvrir que sa femme lui a déso-béi, décide de l'égorger elle aussi. La jeune femme attend ses deux frères, qui doivent lui rendre visite. Elle espère qu'ils la sauveront du châtiment qui l'attend. Elle interroge donc sa sœur, qui se tient en haut d'une tour : « Anne, ma sœur Anne, ne vois-tu rien venir ?". Les réponses sont négatives, jusqu'à ce qu'enfin les deux frères arrivent. Ils tuent Barbe bleue, dont la fortune est donnée à sa femme, qui se remarie.

Peau d'Âne (ajout de 1694)

Un roi très puissant et riche vit avec sa femme et leur unique fille. Il possède un âne qui défèque des pièces d'or. Mais la Reine se meurt, et elle obtient la promesse de son mari qu'il se remarie uniquement avec une femme qui la surpasse en beauté et en sagesse. Désormais, le problème pour le roi est que seule sa fille est capable de cet exploit ; or la jeune fille, suite a la requête de son père, cherche à échapper à cette union incestueuse et demande conseil à sa marraine la fée. Celle-ci lui souffle de demander en dot des robes impossibles à réaliser ("couleur de temps", "couleur de lune"). Mais son père réussit toujours à les lui offrir. Alors elle lui demande de sacrifier l'âne qui lui offre sa grande richesse. Mais le Roi, une fois de plus, consent à lui accorder ce qu'elle désire. La princesse décide alors de s'enfuir, cachée sous une peau d'âne. Peau-d'Ane connait une vie d'errance et de misère, jusqu'au jour où le fils du roi la remarque. Après plusieurs épisodes symboliques, le prince dépérit. Ses médecins lui conseillent de se marier, ce qu'il accepte, à la condition que son épouse soit la propriétaire d'un anneau qu'il a trouvé. Après de nombreux essais sur des femmes, on découvre alors que Peau-d'Ane est la future épouse du Prince. Le mariage est célébré, le père et la fille réunis de nouveau.

Cendrillon ou la petite pantoufle de verre

On ne présente plus Cendrillon, dont l'histoire a été reprise et immortalisée par Disney notamment ; ou comment une jeune fille oppressée par sa famille se transforme en princesse et séduit un Prince, avant que les douze coups de minuit ne viennent entraver son rêve...

Le Maître chat ou le Chat botté

Lorsqu'un vieux meunier décède, il lègue ses biens à ses trois fils. L'aîné obtient le moulin, le cadet l'âne, et le benjamin, un chat. Or ce dernier sait parler et réfléchir. Il décide d'aider le fils cadet à combattre un ogre, afin de pouvoir épouser la princesse de son royaume. Cela lui permet de se faire apprécier de son maître, qui pensait tout d'abord le manger.

L'animal se débarrasse de l'ogre, utilise avec ruse un sac et des bottes et fait passer son maitre pour le marquis de Carabas, afin qu'il épouse sa princesse.

La Belle au bois dormant

Ce conte a aussi été traité, d'une manière différente cependant, par les frères Grimm.

Lors du baptême d'une toute jeune princesse, le roi et la reine organisent une grande fête en son honneur, réunissant ainsi famille, amis, fées, etc. Chacune des fées marraines fait un don spécifique à la princesse, qu'il s'agisse de la beauté ou encore de la danse. Mais une vieille fée a été oubliée et se présente pour jeter un sort mortel au bébé : la princesse se piquera le doigt sur un fuseau et en mourra. L'une des fées présentes réagit immédiatement pour transformer la malédiction en un sommeil long de cent ans. Le roi fait proclamer un édit par lequel la possession et l'utilisation d'un fuseau seront punis de mort. Mais une vieille femme n'entend pas la nouvelle, et la princesse se pique un jour sur son fuseau. C'est grâce à la venue d'un Prince qu'elle est sortie de son sommeil. Ils se marient le jour même et ont par la suite deux enfants, Aurore et Jour. Mais le conte ne s'arrête pas la, puisque le prince emmène la princesse dans son propre château familial, où vit sa mère, une ogresse. Un jour, il part à la guerre. La mère ogresse en profite pour essayer de tuer la princesse et les enfants pour les dévorer. Le maitre d'hôtel les sauve en les remplaçant par des animaux. Lorsque le Prince revient, l'ogresse se jette dans une cuve ou elle est tuée par des serpents qu'elle avait prévus, a l'origine, pour sa belle-fille et ses petits enfants...

Les Fées

Une femme veuve a deux filles, dont l'une est mauvaise et égocentrique (l'aînée, sa préférée), et l'autre beaucoup plus douce et morale, mais trop proche de son défunt père pour être appréciée. La cadette doit donc s'occuper de toutes les corvées. Un jour, elle part chercher de l'eau à une fontaine et y rencontre une vieille femme, qui lui demande à boire. La jeune fille accepte et, pour la remercier, la femme lui donne le don de transformer en diamants et en pierres tous les mots qu'elle prononcera. Lorsque sa mère voit cela, elle se dépêche d'y envoyer sa fille aînée ; mais celle-ci se montre désagréable et se met à cracher des serpents dès qu'elle parle. La cadette est jugée coupable de ce qui arrive et doit quitter les lieux. Elle rencontre un prince qui la prend pour épouse.

Riquet à la houppe

Riquet est un prince extrêmement laid mais intelligent, qui a la capacité de donner de l'esprit à la femme qu'il aimera. Or il finit par rencontrer une princesse stupide mais belle, qui peut donner la beauté à l'homme qu'elle aime... ils échangent donc leurs dons.

Le Petit Poucet

Ce conte met en scène un enfant pauvre abandonné par ses parents qui, ingénieux, sème du pain puis des cailloux pour retrouver son chemin dans la forêt... puis il vainc un ogre et revient chez ses parents (avec une fin alternative).

III. LA PLACE DES PERSONNAGES

Il n'est pas possible de présenter tous les personnages de Perrault ici ; c'est pourquoi nous présenterons un animal, une femme, une figure enfantine récurrente, et les êtres surnaturels que sont les fées.

Le Chat botté

S'il apparaît d'abord comme une potentielle victime de son maitre, le Chat botté est un véritable héros, malgré son statut d'animal. Il est intelligent, rusé. En réalité, les rôles s'inversent à travers lui, puisque son jeune maître finit par lui obéir aveuglement, et est beaucoup moins capable de réflexion que lui... Le Chat finit par être plus humain que l'homme, ce qui se remarque aussi à la manière dont il s'habille.

Grisélidis

Elle incarne à la fois une femme soumise, mais aussi un modèle de vertu. Elle est de basse extraction sociale et pourtant, se révèle plus noble que le Prince, par sa droiture d'esprit. Son mari, au contraire, est un personnage marqué par l'extrémisme de comportement ; il ne peut en effet s'empêcher de contrôler sa femme, de la harceler.

Le Petit Chaperon Rouge

C'est une figure récurrente dans la tradition populaire, mais bien plus sombre et moralisatrice dans la version de Charles Perrault. Ici, il s'agit d'une jeune fille jolie, bien élevée, mais qui a besoin d'une intervention masculine plus âgée pour s'en sortir, contrairement a des versions précédentes.

La présence des fées

Charles Perrault n'a rien inventé en introduisant des fées dans ses contes, puisque ces créatures sont des personnages récurrents dans la littérature, notamment au moyen-âge. Elles peuvent être bienveillantes, comme les fées marraines, ou encore malveillantes. Dans tous les cas, ce sont des personnages merveilleux.

Notons que le dieu Jupiter intervient dans les *Souhaits ridicules*.

Il est surtout important de retenir que les personnages des contes, de même que la structure en cinq étapes narratives, correspondent a des fonctions bien particulières. Ils sont des rôles avant d'être des entités individuelles. Par exemple, on trouve le héros, l'antagoniste/ennemi, celui qui aide le héros, le mandateur de la quête ou de la mission...

IV. PERSPECTIVES D'ANALYSE DE L'OEUVRE

Le goût de la littérature orale

Perrault ne s'est pas contenté de compiler ou de copier des histoires déjà écrites. L'écrivain, partisan des Modernes dans la querelle qui les oppose aux Anciens, se veut plus orienté vers un public d'adultes ; rien de naïf ou d'aveuglément optimiste dans ses contes, donc. Au contraire, la violence est parfois très présente, à l'image de « Barbe bleue ». De plus, sa version des histoires est imprégnée des éléments de son siècle, tels les gardes suisses ou le mobilier. Ses sources d'inspiration sont diverses, aussi bien du point de vue de la littérature (italienne par exemple) que de l'époque (antiquité, etc.).

Perrault a, de plus, fait le choix de l'illusion d'oralité, comme c'était la tradition autrefois – celle d'une transmission des contes et mythes par la parole. C'est pourquoi son écriture se veut volontairement vieillie, pleine de tournures anciennes, voire archaïques. En cela, il est à cheval entre son époque et une atmosphère mythique bien plus intemporelle.

Symbolique et pédagogie du conte

Le conte (comme la fable, à bien des égards), est caractérisé par une structure récurrente, avec par exemple l'ouverture en « il était une fois », et des personnages types permettant de miniaturiser une société en incarnant ses traits les plus frappants.

Ainsi, le conte devient un bon moyen de refléter la société et les mœurs d'une époque, en critiquant ou non les situations proposées (bien souvent de manière implicite), tout en transmettant des idées (d'où l'importance pédagogique d'un conte).

Même les lieux sont symboliques, et non réels. Ils constituent un espace de mouvement pour les personnages, ce qui permet de dessiner une sorte de puzzle social et symbolique, avec en supplément des interventions d'un univers merveilleux (fées, etc.)

Cela permet aussi de remonter aux croyances plus anciennes, ou encore tribales, en s'interrogeant sur l'origine de certaines créatures, à l'image de l'ogre (Antiquité, imagerie chrétienne...). Un travail sur les étymologies, les sources d'inspiration, l'utilisation de certains types selon l'époque et les croyances, est alors possible. Le conte devient un moyen d'explorer diverses cultures et croyances.

Contes et psychanalyse contemporaine

Aujourd'hui, les contes de Perrault sont aussi à la base d'une réflexion sur leur portée psychanalytique. On peut citer, notamment, les théories de Bettelheim à ce propos (in *La psychanalyse des contes de fées*).

Dans la même collection en numérique

Les Misérables
Le messager d'Athènes
Candide
L'Etranger
Rhinocéros
Antigone
Le père Goriot
La Peste
Balzac et la petite tailleuse chinoise
Le Roi Arthur
L'Avare
Pierre et Jean
L'Homme qui a séduit le soleil
Alcools
L'Affaire Caïus
La gloire de mon père
L'Ordinatueur
Le médecin malgré lui
La rivière à l'envers - Tomek
Le Journal d'Anne Frank
Le monde perdu
Le royaume de Kensuké
Un Sac De Billes
Baby-sitter blues
Le fantôme de maître Guillemin
Trois contes
Kamo, l'agence Babel
Le Garçon en pyjama rayé
Les Contemplations

Escadrille 80
Inconnu à cette adresse
La controverse de Valladolid
Les Vilains petits canards
Une partie de campagne
Cahier d'un retour au pays natal
Dora Bruder
L'Enfant et la rivière
Moderato Cantabile
Alice au pays des merveilles
Le faucon déniché
Une vie
Chronique des Indiens Guayaki
Je voudrais que quelqu'un m'attende quelque part
La nuit de Valognes
Œdipe
Disparition Programmée
Education européenne
L'auberge rouge
L'Illiade
Le voyage de Monsieur Perrichon
Lucrèce Borgia
Paul et Virginie
Ursule Mirouët
Discours sur les fondements de l'inégalité
L'adversaire
La petite Fadette
La prochaine fois
Le blé en herbe
Le Mystère de la Chambre Jaune
Les Hauts des Hurlevent
Les perses
Mondo et autres histoires
Vingt mille lieues sous les mers
99 francs
Arria Marcella
Chante Luna

Emile, ou de l'éducation
Histoires extraordinaires
L'homme invisible
La bibliothécaire
La cicatrice
La croix des pauvres
La fille du capitaine
Le Crime de l'Orient-Express
Le Faucon malté
Le hussard sur le toit
Le Livre dont vous êtes la victime
Les cinq écus de Bretagne
No pasarán, le jeu
Quand j'avais cinq ans je m'ai tué
Si tu veux être mon amie
Tristan et Iseult
Une bouteille dans la mer de Gaza
Cent ans de solitude
Contes à l'envers
Contes et nouvelles en vers
Dalva
Jean de Florette
L'homme qui voulait être heureux
L'île mystérieuse
La Dame aux camélias
La petite sirène
La planète des singes
La Religieuse

À propos de la collection

La série FichesdeLecture.com offre des contenus éducatifs aux étudiants et aux professeurs tels que : des résumés, des analyses littéraires, des questionnaires et des commentaires sur la littérature moderne et classique. Nos documents sont prévus comme des compléments à la lecture des oeuvres originales et aide les étudiants à comprendre la littérature.

Fondé en 2001, notre site FichesdeLectures.com s'est développé très rapidement et propose désormais plus de 2500 documents directement téléchargeables en ligne, devenant ainsi le premier site d'analyses littéraires en ligne de langue française.

FichesdeLecture est partenaire du Ministère de l'Education du Luxembourg depuis 2009.

Plus d'informations sur www.fichesdelecture.com

Notes :